Distribución mundial

© 2006, Esslinger Verlag J. F. Schreiber,
Esslingen www.esslinger-verlag.de
Título original: *Herr Eichhorn und der Mond*,
de Sebastian Meschenmoser.
www.sebastian-meschenmoser.de
Este libro fue negociado a través de Ute Körner
Literary Agent, S. L., Barcelona – www.uklitag.com

D. R. © 2014, Fondo de Cultura Económica
Carretera Picacho Ajusco 227, Bosques
del Pedregal, C. P. 14738, México, D. F.
www.fondodeculturaeconomica.com
Empresa certificada ISO 9001:2008

Colección dirigida por Socorro Venegas
Edición: Susana Figueroa León
Diseño: Miguel Venegas Geffroy
Traducción: Lidia Tirado

ISBN 978-607-16-1889-4

Primera edición en alemán, 2006
Primera edición en español, 2014

Meschenmoser, Sebastian
    Martín y la luna / Sebastian Meschenmoser ; trad.
de Lidia Tirado. — México : FCE, 2014
    [44] p. : ilus. ; 16 × 21 cm — (Colec. Los Especiales
de A la Orilla del Viento)
    Título original: Herr Eichhorn und der Mond
    ISBN 978-607-16-1889-4

    1. Literatura infantil I. Tirado, Lidia, tr. II. Ser. III. t.

LC PZ7   Dewey 808.068 M369m

Comentarios y sugerencias:
librosparaninos@fondodeculturaeconomica.com
Tel.: (55)5449-1871. Fax: (55)5449-1873

Se terminó de imprimir en marzo de 2014 en Impresora y
Encuadernadora Progreso, S. A. de C. V. (IEPSA), calzada
San Lorenzo 244, Paraje San Juan, C. P. 09830, México, D. F.

El tiraje fue de 6 500 ejemplares

Impreso en México • *Printed in Mexico*

Martín y la luna

Sebastian Meschenmoser

Traducción de
Lidia Tirado

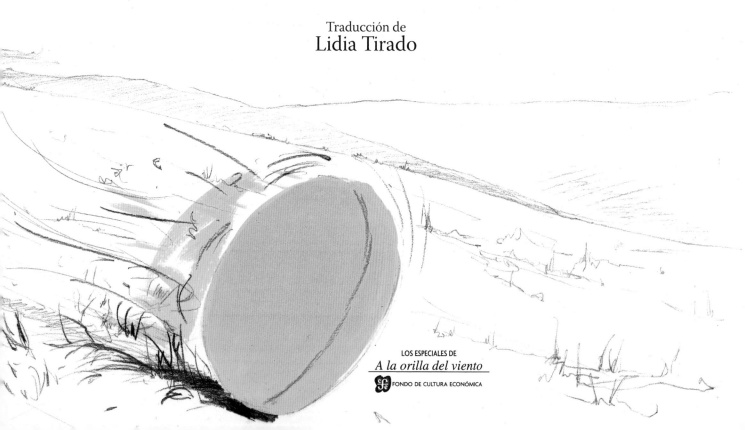

LOS ESPECIALES DE
A la orilla del viento
FONDO DE CULTURA ECONÓMICA

Una mañana, Martín despertó al escuchar que algo
había caído afuera de su casa: era la luna.

Pero ¿por qué la luna, grande, redonda y amarilla,
como él la recordaba, había caído justo afuera de su casa?

"¿Y si alguien la robó y después la perdió? ¿Y si la están buscando y descubren que yo la tengo? ¡Pensarán que me la robé, me arrestarán y me llevarán a la cárcel!", pensó Martín.

—¡Debo deshacerme de ella! —gritó asustado.

Erick despertó esa mañana
cuando la luna le cayó encima.

—¡Qué bueno que te veo, Martín! ¡La luna cayó sobre mi espalda y estoy atorado! —dijo Erick.

—Eso veo —le respondió Martín.
—¿Y qué tal si alguien la robó? ¡Imagínate qué
pasará si nos encuentran con ella!

¡Debemos deshacernos de ella! —exclamaron
los dos al mismo tiempo.

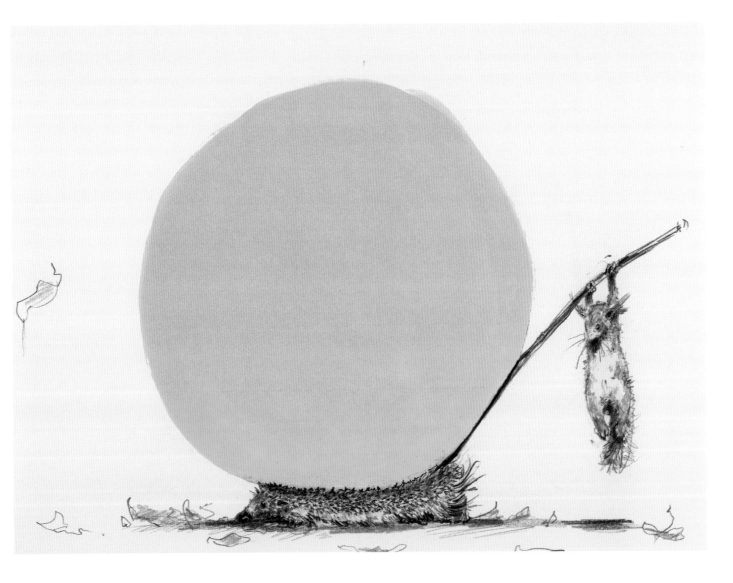

Entonces llegó Ramón.

Los miró… ¡y atravesó
la luna con sus cuernos!

Con la luna en los cuernos,

Erick pegado a la luna
y Martín en sus talones,

Ramón fue a dar contra un árbol.

¡Pum!

"Tal vez nadie me arreste. Yo les explicaré lo que pasó —pensó Martín—. Seguro que podrán reparar los hoyos que tiene la luna."

—Oye, la luna comienza a oler muy mal —le advirtió
Erick a Ramón, despertándolo.
—Eso no es nada bueno… —contestó Ramón.

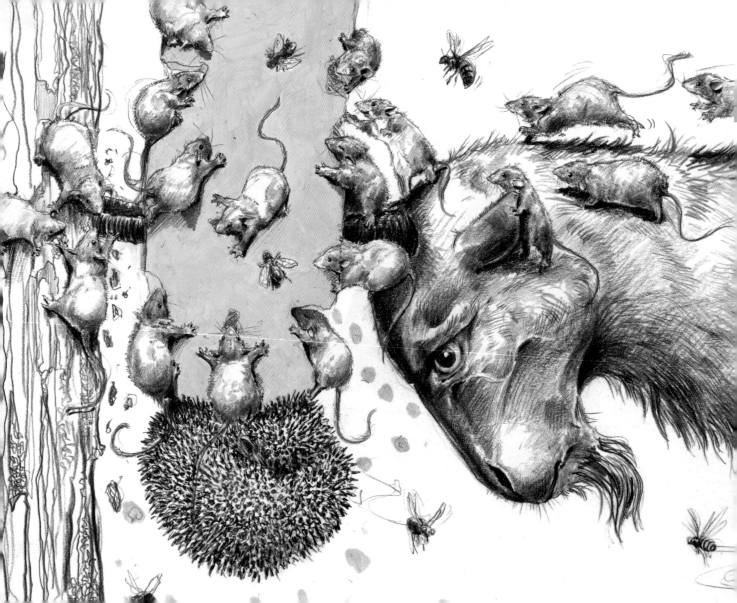

—¡Soy libre! —gritó Ramón.
—¡Soy libre! —exclamó Erick.

—Y los ratones tienen la barriga llena —dijo
Martín—. ¡Pero miren, la luna se deshizo!

—¡Debemos deshacernos de ella! —acordaron todos.
—Lo mejor será regresarla al cielo, adonde pertenece —sugirió Martín.

"Y ahora que la luna está de vuelta en el cielo —pensó Martín—,
podrá recuperarse poco a poco."